写作原来好有趣

美丽的四季

MEILI
DE
SIJI

夏卷

丁立梅　著

作家出版社

图书在版编目（CIP）数据

写作原来好有趣：美丽的四季·夏卷 / 丁立梅著. -- 北京：
作家出版社，2021. 3（2024.2重印）
ISBN 978-7-5212-0628-9

Ⅰ.①写… Ⅱ.①丁… Ⅲ.①散文集 – 中国 – 当代 Ⅳ.①I267

中国版本图书馆CIP数据核字（2019）第142411号

写作原来好有趣：美丽的四季·夏卷

作　　者：	丁立梅
责任编辑：	省登宇　　周李立
装帧设计：	琥珀视觉
出版发行：	作家出版社有限公司
社　　址：	北京农展馆南里10号　　邮　编：100125
电话传真：	86-10-65067186（发行中心及邮购部）
	86-10-65004079（总编室）

E-mail:zuojia@zuojia.net.cn

http://www.zuojiachubanshe.com

印　　刷：	北京尚唐印刷包装有限公司
成品尺寸：	180×210
字　　数：	80千
印　　张：	6.25
版　　次：	2021年3月第1版
印　　次：	2024年2月第2次印刷
ISBN	978-7-5212-0628-9
定　　价：	29.80元

CONTENTS

目录

写在前面的话

一

每一个孩子从会说话起，其实就开始了他的创作。

这个时候的孩子，浑身充满着诗意的灵性。他如同春天新冒出芽的一棵小草，有着无与伦比的青嫩、清澈和清纯。

世界对于他来说，处处藏着神奇，清风明月、虫鸣鸟叫、花开草长、雨雪霜露，在他的眼里，都是初相见，哪一样不带着神奇的魔力？他睁着一双稚嫩的眼，靠近，靠近，再靠近，心里有着太多的为什么，哪怕一片草叶的摇动，也会让他兴趣盎然。

这个时候，天地就是一个魔性的城堡，推开一扇窗后，又出现一扇窗。推开一扇门后，又出现一扇门。那窗后门后藏着的，都是他未知的惊喜。他充满好奇，充满探究的欲望。认知世界，在他，就如同寻宝一般。

他的想象，开始蓬勃生长，小小脑袋里，挤满若干新鲜好玩的东西。他急于表达，从一个词开始，到一句完整的话，再到一口气能说上一小段的话——他在自己"创造"的语言里陶醉，乐而忘返，不知疲倦。

他不知道，他这是在"写作"，他在进行着一项有趣的，能够塑造他身心的事情。这段时期，倘使我们成人能够俯身向下，能够参与到他的世界中去，能够鼓舞他，赞赏他，不把他的童言稚语当幼稚，而是跟着他自由的性灵，天马行空地飞翔，惊喜着他的惊喜，好奇着他的好奇，适时地引领着他，向着事物的更深处漫游，呵护着他的那份天真，让一颗孩童的心，永远鲜艳地驻扎在他的身体里，那么，写作将会成为他最喜欢做的事，成为他的习惯和日常，就像呼吸一般。它是他亲密的伙伴，不可分离，到那时，他哪里还会惧怕它！纵使他长大后，不能成为一个诗人，一个作家，但他的眼睛和心灵会因日日有文字的浸润和相伴，而保持着洁净和纯粹，善良和美好，他的人生，会因此充满勃勃生机和无穷的趣味，灵魂因此而高贵，而闪闪发光。

写作，原是人生的一种修为。

二

孩子们为什么怕写作？那是因为他们不感兴趣。孩子们为什么对写作不感兴趣？那是因为写作不是出于他们本性和自由的需要，而是外界强迫的，是为了考试，是为了分数。倘若你问孩子们，为什么不喜欢写作呢？孩子们会异口同声告诉你：不——好——玩！

不好玩的事情，哪里能做得好！

写作若是会说话，它一定要大呼冤枉。它本是多么好玩的一件事，就像画画，就像唱歌，完全是出于内心的渴求，而不由自主发出的声音。文字，是在纸上行走的音符和声音。可是，它被谁给玩坏了，玩得面目可憎起来？让爱它的心，一点一点冷却、冷淡，最终冷漠。

我想到远古的先人们，在那样的蛮荒之中，心中的热爱，却旺盛似火。他们在旷野里劳作，在田间地头欢唱，唱眼中所见到的自然万物，唱心中的悲喜，唱出一部《诗经》来。"关关雎鸠，在河之洲。窈窕淑女，君子好逑"，多好啊，蓝天下，有绿洲，有小小的会唱歌的雎鸠鸟，还有美好的女儿家；"采采芣苢，薄言有之。采采芣苢，薄言有之。"还是在那蓝天下，在那旷野中，车前草绿成一片汪洋，采摘的手多么灵巧，采摘的动作多像跳舞，欢快的心随着那动作忽上忽下；"葛生蒙楚，蔹蔓于野。予美亡此，谁与独处"，葛藤和牡荆纠缠在一起，野葡萄藤爬满那些低矮的灌木，我心爱的人埋葬在这里，谁与之相伴相随？——旷野里，回响的都是那悲痛的长鸣。

这才是真正的写作，从自然中来，遵从生命的本性和自由，想快乐时就快乐，想悲伤时就悲伤，天地与之同欢同悲。

三

要让孩子真正热爱上写作，就必须让孩子回到他的本性和自由中去。

孩子的本性和自由在哪里？答案：在自然里。

　　我们人类是从自然中来，像世上万物一样，都是自然的一分子，有着天生的灵性。然而，走着走着，却脱离了自然，变得干涩，变得冷漠，变得麻木。

　　我在一个学校做讲座，讲座前，我问满场的孩子，我说知道从你们的校门口，到这个会场，都有些什么植物吗？有哪些植物眼下正开着花？

　　我充满期待地等着，遗憾的是，没有一个孩子能答得出来。他们日日生活的校园，日日走过的路旁，植物在蓬勃地长，他们不知道。花在沸沸地开，他们不知道。他们不知道茶花开着碗口大的花。不知道石楠捧着一串串红果子。不知道紫薇的叶子变红了，比花朵更漂亮。不知道银杏金黄的叶子，像金子雕的。他们不识李树、海棠和夹竹桃，甚至，闻不到那么浓烈的桂花香。更不用说，草地上的小蓟、婆婆纳、车前草和苦荬菜了，那些活泼的小灿烂，他们视而不见着。

　　当一个孩子对所处环境已熟视无睹漠不关心，我不知道这个孩子心中还有多少欢喜和热爱。当一个孩子心中缺少热爱，这个孩子又哪来的柔软和善良？当一个孩子没有了柔软和善良，他笔下的文字，又哪里会有生命的温度和温情？

我们常常强调要让孩子多读书，让他的灵魂高贵起来，我们恰恰忽略了，让孩子多多阅读大自然这本大书。

请让孩子回到自然中去，在自然的一花一草的浸润中，在行走与探索中，唤起他热爱生命的本能，找回他的本性和自由，让他自觉不自觉地用文字欢呼，让写作成为他的日常，使他最终也成为这世界美好的一分子。

序　美丽的四季

我爱春天。

春天的模样，是儿童的模样。一切都是簇新的、青嫩的、亮堂的。

它是调皮的一个小男生，喜欢跟你捉迷藏。

它也许躲在一棵小草的嫩芽里，吹着它绿绿的小气泡，小草就一点一点探出了头。

它也许躲在一块泥土的下面，那里，一只虫子还在睡懒觉。春天伸手搔它的痒痒，在它耳边大声唤："哦，快起床，我，最伟大最了不起的春天，来啦！"虫子惊得一跃而起。

　　它也许躲在一朵花苞苞里，把里面那些红颜色白颜色黄颜色尽情地往外掏。它掏呀掏呀，手脚并用。很快，它的脸变成大花脸了，手也变成大花手了，身子呢，也被染成大花身了。于是，桃花开了，梨花开了，菜花开了，全世界的花都开了。

　　它还有可能躲在一块冰层中，用它胖乎乎的暖暖的小手，去抚那冰冷的冰，冰渐渐地软了身子。是河里的小鱼最先发现的，哦，冰消融了，春水荡漾起来了。小鱼在水里面跳起了舞。

　　它还有可能藏在一缕风里面，柔软的呼吸，让风也变得柔软。小雀儿抖抖它的小身子，闻闻香喷喷的风，不相信地扑扑翅膀。春天偷偷吻了吻它的脸，哦，多温柔啊。就像妈妈的吻。小雀儿知道是谁来了，开心地欢唱起来，春天来了，春天来了！

　　花满窗，绿满阶，这是春天的杰作。它提着一支画笔，不动声色地，就把一个世界涂满了鲜艳的颜色。

　　这个时候，宝贝，你不要坐在家里，请走出家门，跟着一缕春风走吧，跟着一朵暖阳走吧，跟着一只蜜蜂走吧，去寻找最美的春天。

我爱夏天。

夏天的模样，是少年的模样，清秀、清灵，又热情似火。它爱耍酷，喜欢着一身绿衣衫，深深浅浅的绿，把人的眼睛，都给染绿了。

它是个爱好鼓捣乐器的少年。绿影幢幢，鸟鸣清脆，一个世界，仿佛都被它安上了乐器。

蟋蟀们在草丛中吹哨子。

纺织娘在弹拨六弦琴。

知了拉呀拉呀，拉的是手风琴。知了还擅长吹长号，鼓着腮帮子吹。

青蛙使的乐器一定是架子鼓，它们总是在雨后开音乐会。

荷花的香气，乘着风一阵阵袭来。雨后的蜻蜓，立在一朵荷花上。

瓜果累累。冰镇的西瓜，咬一口，一直凉到心窝窝。

跟着乌云来的是一场雨。在雨中奔跑的少年，眉宇间都是欢畅。风被雨洗得凉爽极了，天空被雨洗得干净极了。蓝天真蓝，白云朵真白，彩虹挂在天边。

最可爱的是夏天的夜晚，星星们密密匝匝，如小蝌蚪浮游在天上。这个时候，宝贝，你不要窝在空调间里，出门去吧。到一座桥上去等风，看月亮跑到水里面，看星星们在水里面变成小鱼在游。听听草丛里虫子们的欢唱，露珠儿滴落在草叶上。如果运气够好的话，还能逢着一片小树林，会遇到提着灯笼去赴约会的萤火虫。

我爱秋天。

秋天的模样，是小公主的模样，俏皮、华丽，丰衣足食。

它有着一双巧手，开着一家染料坊。它热情地给路过门前的客人们染色，柿子染成红的，红透了。枣子也染成红的，红透了。水稻染成金黄的，黄灿灿的。枫叶染成红的，红得似火。棉花染成白的，白得胜雪。银杏叶染成黄的，像黄花朵。层林渐染，江山华贵，你眼中所见的，无一不是斑斓的、绚烂的。

风呼啦啦吹过，树叶儿落满地，像滚了一地的碎金子。

真是富有啊。

秋天当然是富有的，掏一把出来是"金子"，再掏一把出来，还是"金子"。

倘若你走过它的门前，会被它捉住，给染成一个金灿灿的人呢。

这个时候的天空，高远明净。晚上的月亮又胖又圆，像硕大的白莲花开在天上。

到处都浸泡着桂花香，厚而黏稠。走在秋天的天空下，你随便伸手一戳，都能戳上一指的香甜。

亲爱的宝贝，别在屋子里待着，出门去吧，去染上一身秋色，再捡上几枚漂亮的叶子，把秋天最美的礼物，收藏在记忆里。

我爱冬天。

冬天是一个小王子，它喜欢着一身素装，白巾束额，有点高傲，有点清冷。

可是，它的面庞多么干净，它的灵魂多么晶莹剔透。

它擅长舞剑，剑术一流。风萧萧中，树枝摇摆，犹如万剑齐舞。

它偏爱空旷和安静。这个时候，天也是高的，地也是广的，雨点落下来，会凝结成冰。这是小王子送给这个世界的珍宝。

　　去摸摸冰块吧。再结实的冰块，也抵挡不住我们手心里的温暖，它会一点一点融化，滋润我们的日子。

　　夜晚，天上的星星不多，却亮得很。像点着的烛火。月亮有时像鱼丸子，浮在一锅清汤似的云朵中。在寂静里仰头看着，看着，会有种清香和安宁。天上正举行盛宴吧，这"鱼丸子"最终会被谁吃下去？

　　哦，哪里来的甜香，像揭开了一锅蜂糖糕？嘘，别说话，听，谁扛着香而来？

　　哦，是冬天这个小王子。他的肩上，正扛着一棵开满花的树。

　　是蜡梅。

　　楼下的蜡梅开了。

　　雪快下了吧。雪人快来敲门了。

　　等雪，是多么美好的一件事。

　　宝贝，就让我和你一起等着吧。

1 夏天的风

我站在一座桥上，等风。

夏天的夜晚，风捎来太多的好意，草木的清香，露珠的清凉，虫子们的欢唱，还有，幽深幽深的静谧。

多年前，我还是个小小女孩时，住在乡下。每个夏天的夜晚，我们早早搬出纳凉的凳子，坐在外面，等风来。

我们在门口的晒场上等风。晒场边上，长南瓜长丝瓜长向日葵，还长青椒和茄子。不远处，稻田里的水稻们，已沸沸扬扬开着碎粉的花。蛙们齐齐演奏，如吹萨克斯。

风来，步子迈得碎碎的。摇落一些花朵、露珠，和虫子的叫

声，轻且温柔的。

乡人们手把蒲扇，眼望着繁星密布的夜空，有一搭没一搭地摇着，聊着天。风拂过他们黝黑的脸庞、胳膊和腿，他们很感激地轻叹一声，多好的风啊。白天再多的劳累和不堪，也被那样的风抚平了。人与人之间，即便有过芥蒂，也都能原谅的了。

夜过半，他们满足地拍拍被风吹凉的身子，道声别，各回各的家去睡。一缕风，也跟着他们走进屋子去。

真怀念那样的夏夜，风自在，人安好，岁月不惊。

◆ 同步诗词

山亭夏日

（唐）高骈

绿树阴浓夏日长，楼台倒影入池塘。

水精帘动微风起，满架蔷薇一院香。

◆ 同步生字

mì	pú	fú	lǔ
谧	蒲	拂	缕

◆ 同步词语

yōu	shēn	jìng	mì	nà	liáng
幽	深	静	谧	纳	凉

shài	cháng	yǒu	hēi	jiè	dì
晒	场	黝	黑	芥	蒂

◆文字游戏

1.仿写句子

（1）夏天的夜晚，风捎来太多的好意，草木的清香，露珠的清凉，虫子们的欢唱，还有，幽深幽深的静谧。

_____

_____

（2）风来，步子迈得碎碎的。摇落一些花朵、露珠，和虫子的叫声，轻且温柔的。

_____

_____

2．短文练习

夏有凉风，这是生活中的幸福事。夏天里，不妨跟着梅子老师一起去做一件事，对，就是，等风来。听听风吹过绿树的声音。看看风吹过河水的样子。闭起眼睛，体会一下风拂过你身体

的感觉。那时，你会由衷感叹一声，好痛快！写下你等风来的这
些经历。

_____

_____

_____

_____

_____

_____

◆涂涂画画

"绿树阴浓夏日长，楼台倒影人池塘"，你能画出这个初夏的景象吗？画下来。

② 夏天的雨

夏日的雨，果断、豪爽、痛快、酣畅，快意恩仇。

你听得见雷声隐隐响了，你见着一片乌云比一匹马跑得还快，雨一定来了。这个时候，你不要跑，你跑不过雨的。

我有过几次遇雨的经历。在路上走着走着，一阵狂风不由分说刮起来，雨几乎同时抵达，哗啦啦，哗啦啦，瓢泼一般。我拼命跑，想跑到就近的一个站台去躲雨。哪里跑得过？浑身早就淋透了。后来，我笑了，干脆不跑了，在大雨中漫步。夏天的雨，是天然的沐浴，躲什么躲！

小时的夏天，热得慌。被母亲揪去地里帮忙干活，给棉花地锄草，浑身热得血直往头上涌，小脸蛋被晒得滚烫。突然瞥见头顶上飘过一片乌云来，那简直是救星啊。下雨了！欢呼雀跃着就往田埂上跑。那里，竖着一垛垛捆扎好的玉米秸秆，像撑着的大伞似的。我们掏个洞，钻进去，坐在里面玩抓石子的游戏。雨打在玉米秸秆上，嘭嘭嘭，像抡着小锤子在锤。听着，真是热闹！

这么些年了，我还是喜欢听雨。夏日的雨，节奏感最强，是猛汉喝酒，一仰脖子，一杯全都干了！一点儿也不婆婆妈妈。然后，扯开嗓子，高歌一曲。伴奏乐器不是笛，笛太单薄了。不是二胡，二胡太缠绵了。不是古筝，古筝太典雅了。嗯，钢琴还凑合。最好是架子鼓，敲起来，嘭嚓嚓，嘭嚓嚓。若是夜晚，躺在床上听，窗外雨声喧哗，似万顷波涛翻滚，前赴后继。小居室成了一扁舟，人

是躺在波浪之上了。那意境，真是美得不能再美。

雨止，蛙声遍地。似乎满世界的蛙都跑过来了。即便是城里，也在那低洼处，听到蛙声鼓噪，此起彼伏，在雨水里欢天喜地。我顶喜欢这个时候出门，踩着雨点般密集的蛙声，心跟着跳起舞步，一二三四，一二三四。风吹着清凉，空气中，满满的，都是植物的清香，湿润、清新、纯粹，鼻子有福得很。如果遇到栀子花，那更不得了了，花香经雨水泡过，发酵了。吸一口，简直受不了的，心都要被那香吞噬了。

夏日的雨后，还极有可能会碰见彩虹。那一日，大雨后，那人下楼去倒垃圾，突然在楼下惊天动地地叫我。我推开窗伸头一看，他兴奋地冲我直比画，你快看，彩虹！

我抬头，立时屏住呼吸，我怕我的气息，会吹走那羽毛般的美丽。那是虹，一弯，上面缀满了小彩珠，五彩缤纷，镶嵌在明净的天空上。

那日的雨，和他兴奋的叫声，和明净的天空，和天上虹，一起贮存到我的记忆里。什么时候想起，都让我快乐得很。

午后，小睡，被雨敲打晾衣架的声音吵醒。起来看，乌云密布，狂风骤起，它们吼着叫着，拍打着门窗。

雨来不及落，直接倒下来，一桶一桶的，在半空中腾起巨大的烟雾。树们草们高兴坏了，大口大口喝着雨水，兴奋得直晃脑袋。

多么及时的一场雨！下了近半个小时，烟消云散，太阳又火球般的挂在天上了。然因这一场雨，空气里，都是湿润清凉。傍晚出门散步，风爬在身上，亦是湿润清凉的。

石榴花还见开。夹竹桃的花朵零星着。凌霄花是个精力旺盛的少年，它茂盛地开啊开啊，它的人生路，还长着呢。

◆ **同步诗词**

夏雨后题青荷兰若

（唐）施肩吾

僧舍清凉竹树新，初经一雨洗诸尘。

微风忽起吹莲叶，青玉盘中泻水银。

◆同步生字

hān	chú	piē	jiē	jiào	zhòu
酣	锄	瞥	秸	酵	骤

◆同步词语

háo shuǎng	hān chàng	kuài yì	ēn chóu
豪爽	酣畅	快意	恩仇

piáo pō	què yuè	chán mián	gǔ zào
瓢泼	雀跃	缠绵	鼓噪

◆文字游戏

1. 仿写句子

（1）若是夜晚，躺在床上听，窗外雨声喧哗，似万顷波涛翻滚，前赴后继。小居室成了一扁舟，人是躺在波浪之上了。

（2）雨来不及落，直接倒下来，一桶一桶的，在半空中腾起巨大的烟雾。树们草们高兴坏了，大口大口喝着雨水，兴奋得直晃脑袋。

_____

_____

2．短文练习

看看雨急敲窗子的样子。听听雨打在植物上的声音。夏天的雨，性子有时很急躁呢，但它的心地却不坏，干渴的土地遇它，如遇救星。写一写你心中的夏天的雨。

_____

_____

_____

_____

_____

◆ 涂涂画画

画一把漂亮的小雨伞，送给你想送的朋友吧。它们可以是一些可爱的小动物，也可以是一些小花朵，也可以就是和你一起玩耍的小伙伴。

③ 夏天的清晨

　　纸糊的窗子上，泊着微茫的晨曦，早起的祖母，站在我们床头叫："起床啦，起床啦，趁着露凉去捉虫子。"

　　这是记忆里的七月天。

　　七月的夜露重，棉花的花，沾露即开。那时棉田多，很有些一望无际的。花便开得一望无际了。花红，花白，一朵朵，娇艳柔嫩，饱蘸露水，一往情深的样子。我是喜欢那些花的，常停在棉田边，痴看。但旁边的人，却是视而不见的。他们在棉田里，埋头捉虫子。虫子是息在棉花的花里面的棉铃虫，有着带斑纹的翅膀，食棉花的花、茎、叶，害处大呢。这种虫子夜伏昼出，清晨的时候，它们多半还在酣睡中，敛了翅，伏在花中间，一动不动，一逮一个准。有点任人宰割。

我也去捉虫子。那时不过五六岁，人还没有一株棉花高，却好动。小姑姑和姐姐去捉虫子，很神气地捧着一只玻璃瓶。我也要，于是也捧着一只玻璃瓶。

可是，我常忘了捉虫子，我喜欢待在棉田边，看那些盛开的花。空气中，满是露珠的味道，甜蜜清凉。花也有些甜蜜清凉的。后来太阳出来，棉花的花，一朵一朵合上，一夜的惊心动魄，华丽盛放，再不留痕迹。满田望去，只剩棉花叶子的绿，绿得密不透风。

在夏天，我们注定是睡不成懒觉的。

夏天的清晨，天才蒙蒙亮，全家人都起床了，趁着早凉去地里干活。小孩子亦不例外，要去割猪草，要去割羊草，要帮着大人们打打下手，做些捉虫子、锄草、追肥之类的事。

天空是蟹青色的，一两颗星子，还在西边天上闪亮。有时，还会看到月亮，像块糯米糕似的，贴在天空的炉膛上，炉火就快燃起来了。

我妈看到发呆的我们，会着急地说，发什么呆，快干活！太阳很快就上来了。

太阳一上来，天空就像打开了亿万个熔铁炉，似乎要把人烤焦。

风像捉迷藏似的，一会儿吹到东，一会儿吹到西。当它吹到我们身上时，我们的身体，会幸福得发颤。好慈祥的风啊，它带着青草的青，露珠的甜，还有清晨特有的干净和清凉。

五点半起床，天色已亮。

风吹。风是好的。这夏日清晨的风，当然是好的。

它像凉凉的小手，轻轻抚着你，让你的每一寸肌肤，都惬意无比。

我享受着这样的抚摸，去找荷花。听张社说，这里的公园里，有一湖的荷花呢。

这是徐州，我要去找一湖的荷花。

沿入住的山庄，左拐，南行，终见到一个荷花湖。山脚下躺着，密密的荷花，把湖水给遮住了。

　　太阳从山后慢慢爬上来，光芒一点一点的，涂抹在那些荷叶荷花上。荷花的肌肤，变得透明、清亮，粉里头泛着金色，金镂的一般。花蕊上有露珠闪亮，好像在酝酿着一坛酒。谁有幸会喝到它呢？是蜻蜓，还是蜜蜂？有蜜蜂飞上一朵荷花。

　　湖畔好多赏荷人。他们举着相机或手机，拍荷花，也拍自己。这个夏日清晨，会成为许多人记忆里的一帧收藏，有清风，有晨露，有朝阳，有荷花，有蜻蜓和蜜蜂，还有，热爱生活的一颗心。

　　这是草原上最好的夏天。

　　五点半，我悄悄起床，走出毡房。天微微亮，一枚月亮，挂在毡房上空，像半枝莲花。繁密的星星，只剩下三五颗了。有鸡在

叫，也有虫子和鸟的声音，羊偶尔"咩咩"两声。

　　赛里木湖安静地朦胧着。四周的山，也都朦胧着。快六点钟了，我向湖边跑去，等着看日出。

　　东边天，慢慢挣脱出一缕红来，一个红太阳，候在它身后。

　　我掬一捧湖水洗洗脸，洗洗手，觉得心也被它清洗过了，从此后，不染尘埃。天边的色彩，开始一点一点繁复起来，不是深红，不是艳红，而是红晕轻染的可爱色。

　　然后，云霞渐渐堆厚，似燃起了一堆篝火。那篝火越燃越旺，越燃越旺，我紧张地盯着，眼也不敢眨上一眨，心怦怦直跳。我知道，我将见证一个奇迹。

　　是的，奇迹出现了，一个红彤彤的"胎盘"，从"火堆"中蹦

出来。瞬息间，那"胎盘"膨胀起来，炸裂开来，从里面迸出千万道霞光，一个鲜红的圆润的太阳诞生了！它是那样的鲜嫩，似乎还看到它脸上生出的小绒毛。赛里木湖被染得通红，如万亩桃花上了脸。有鹰飞过，黑色的翅膀上，驮着一坨红。

我以为湖水要沸腾起来，却没有。它只平静地接纳着，酿造出一湖的佳酿，庆祝太阳的诞生。

我呆呆看着，直到太阳完全升起，直到它褪去稚嫩，散发出成熟的光芒。我慢慢往回走，一边欢喜一边心疼，这样的日出，今生，对于我来说，仅此一次。之前我不在，之后我不在，它饱过谁的心，又会饱了谁的眼？

八点多了，草原也渐渐醒了，各种声音明晰起来。遇见两头牛，埋头在吃草。我跟它们打招呼，它们好笑地看看我，又埋头吃它们的草去了。

有炊烟从毡房里升起。牧民们又将开始新的一天，放牧他们的牛羊，喝着他们的奶茶，吃手抓饭和厚而香的馕。

◆ 同步诗词

观荷叶露珠

（唐）齐己

霏微晓露成珠颗，宛转田田未有风。

任器方圆性终在，不妨翻覆落池中。

◆ 同步生字

zhàn	nuò	lòu	zhēn	jū	gōu	tuì	zhān
蘸	糯	镂	帧	掬	篝	褪	毡

◆ 同步词语

wēi máng	chén xī	bān wén	hān shuì
微 茫	晨 曦	斑 纹	酣 睡

jīng xīn dòng pò	qiè yì	fán fù	zhì nèn
惊 心 动 魄	惬 意	繁 复	稚 嫩

021

◆文字游戏

1. 仿写句子

（1）风像捉迷藏似的，一会儿吹到东，一会儿吹到西。当它吹到我们身上时，我们的身体，会幸福得发颤。好慈祥的风啊，它带着青草的青，露珠的甜，还有清晨特有的干净和清凉。

_____

_____

_____

（2）太阳从山后慢慢爬上来，光芒一点一点的，涂抹在那些荷叶荷花上。荷花的肌肤，变得透明、清亮，粉里头泛着金色，金镂的一般。

_____

_____

（3）赛里木湖被染得通红，如万亩桃花上了脸。

_____

_____

2．短文练习

和梅子老师一起早起，沐着夏日清晨的风，去看荷上的露珠，去等待一场日出。说不定，你还能遇着一只早起的蜻蜓呢。

用文字记录下这次早起，把小蜻蜓请进你的童话里。

_____

_____

_____

_____

_____

◆涂涂画画

给夏日的清晨画一幅肖像。或者，画一画在清晨里自由绽放的花朵。

④ 夏天的黄昏

　　夏日，随便截取一片黄昏来赏，都是妙不可言的。

　　总有大团大团的火烧云，像炭火一样的，在天边的炉膛里旺旺燃着。夕阳像被煎着的一块鸡蛋饼，喷着浓郁的香气。我也总是要想到我妈那个形象的比喻，我妈看一眼这黄昏下的夏日天空，随口说道：太阳在产卵。我妈不识字，可她的这个比喻，是我读过的最动人的诗句。

　　我看到黄昏的霞光，像鱼网一样的，撒满天空。它网住了夕阳这条大鱼，慢慢收网，把它带回家了。紧接着，"大鱼"产下的"卵"——星星们出来了。

夜幕一点一点拉下，周围的景致，哪怕是冷峻的石头、粗糙的栅栏，也都描上了温柔色。一切的事物，都散发出奇异的色彩，胸膛里只剩下一个字，迸裂而出，那个字是：爱。

夏日的一天，我和几个朋友一起去爬山。

在山上，我们一边辨认花草，一边听虫子们唱歌。太多的虫子，在密集的草木里。我叫不出它们的名字。这也没关系，它们也叫不出我的名字。我们都快乐地活着，就好，名字只是个代号罢了。

然后，一抬头，我看到树隙间，拴着一个大大的落日。树上的每一片叶子，都被染成金色。我不能对此无动于衷。

我甩掉朋友，飞奔下山，只为找块空地，无遮无挡地看看落日。我隐约听到朋友的声音追来，他们说，你跑不过太阳的，它很快就落了。

我还是跑，一口气跑到山下。终于到达一块空旷处，然落日它没等我，它已完全消融，在天边留下一摊绯红。云朵岛屿一般浮出，一座，两座，三座……无数座，身上都罩着七彩的光环。

这是又一场美啊！我呆呆站着，我为天地间这种大美震慑住心灵。此生不复再见。

怎么形容才好呢？隔着一些树木，隔着一些房屋，那如炉火一般熊熊燃烧的晚霞，恨不得把树木点燃了，把房屋点燃了，把一个天地点燃了。它们红红的火舌，像蛇信子般的，四下里舔着、跳跃着，又往无限的高空跃去。夕阳像块烧得通红的炭球，慢慢地，慢慢地，烧熔在树木和房屋的后头。我始才见识了，所谓"落日熔金，暮云合璧"，到底是怎么一回事了。

很快，从那通红的"炭火"里，进出无数道虹一般的光芒来，紫一道，蓝一道，黄一道，粉一道，它们迅速地，把周边染得五颜六色。云层变厚，如七彩的地毯一般哗啦一下铺开，一径铺开去。天空到底在举行一场怎样的盛会，要如此铺张？哎哎哎，奢华得不像话了！

这样的绚丽，持续了约莫半刻钟，云彩才渐渐变稀，曲终人散。一切的喧哗，渐渐停息。一枚弯弯的月亮，浮现在头顶上。

◆ 同步诗词

即景

（宋）朱淑真

竹摇清影罩幽窗，两两时禽噪夕阳。

谢却海棠飞尽絮，困人天气日初长。

◆ 同步生字

cāo	xì	róng	xuàn
糙	隙	熔	绚

◆ 同步词语

jié	qǔ	nóng	yù	cū	cāo
截	取	浓	郁	粗	糙

xiāo	róng	fēi	hóng	shē	huá
消	融	绯	红	奢	华

◆文字游戏

1. 仿写句子

（1）总有大团大团的火烧云，像炭火一样的，在天边的炉膛里旺旺燃着。夕阳像被煎着的一块鸡蛋饼，喷着浓郁的香气。

_____

_____

（2）我看到黄昏的霞光，像鱼网一样的，撒满天空。它网住了夕阳这条大鱼，慢慢收网，把它带回家了。

_____

_____

（3）夕阳像块烧得通红的炭球，慢慢地，慢慢地，烧熔在树木和房屋的后头。

_____

_____

2. 短文练习

黄昏时，和梅子老师一起出门，去等待一场谢幕会演。这个时候，所有的云朵全部换上华丽的服饰，有的装扮成公主，有的装扮成王子，有的装扮成侍女，有的装扮成卫士，有的装扮成舞娘，有的装扮成将军。有的驾着马车而来，有的坐着舫船而至。天空布置得富丽堂皇，一场大型演出就要开始了。展开想象，写下你的观后感吧。

◆涂涂画画

夏天的黄昏，最美的是晚霞，夕阳像穿上七彩衣。

给夏天的夕阳画一幅肖像吧。

⑤ 夏天的夜晚

乡村的夏夜是丰富的，最丰富的，莫过于月光了。

那真的是一泻千里漫山遍野呀，奶油样的，听得见汩汩流动的声音。远处的田野、小径，近处的树木、房屋，都开始了月光浴。白天的喧嚣与燥热被涤荡得干干净净，植物们在月下甜蜜地呼吸，脉脉含情。虫子们在叶间欢天喜地唱着歌。露珠儿悄悄滴落，沁凉的，清香的。这个时候的乡村，格外宁静。

竹床，长凳，门板，被早早地搁置到苞谷场上。月亮升起来的时候，村人们都聚拢过来纳凉。人人手中一把蒲扇，坐着或躺着。风从这边吹过来，从那边吹走，月光的羽毛飞起来。这个时候，再坚硬的线条，也会变得柔软。

夏天的夜晚，出门是件幸福事，人似乎是踩在琴弦上，或是鼓点上了，每一步里，都有音符在蹦跳，在流淌。

这个时候的大地，就是一架上好的琴和鼓。风也来弹唱，露珠也来敲击。最忙的乐师和歌手，该数虫子们了。它们中间，高手林立。月亮又"长"出来了。

月牙儿——人们喜欢这么叫。是天空长出牙齿来了吗？看着，还真有点像。

但我还是喜欢叫它月"芽"儿。它是一株植物初生的模样，像一棵小小的豆芽。

月亮的种子应该是星星的样子吧？

是谁播种下的呢？

今晚的天空，深邃得很，有些像小时候的了。星星们冒出那么多，那么亮，像无数的萤火虫，飞到了天上。月亮从一条河的背后，缓缓地，爬上来。那样一张光滑圆润的脸啊，是用洁面乳洗过的，是用奶油泡过的，一条河立即银光飞溅。

我站在桥上，几乎看呆掉了。自然之美，无穷无尽。每一天都会有新遇见，每一天都如初见。

一对老夫妇，也来到桥上。有意思的是，他们是骑着三轮车来的。老头儿骑着，老太太坐后面，两人说说笑笑的，一路风光。他们把车停在桥头，老头儿牵了老太太的手，上得桥来。

"我就说这里好，水也大，风也大，你还不信。"老头儿的声音。

"阴凉吧？多舒服！你看，还有个亮叶子（'亮叶子'是我们这地方的人对月亮的称呼）！"老头儿的声音。

"哦哦，就你能，就你能！"老太太的声音。伴随着的是一声"扑哧"轻笑，这声轻笑，让老头儿似乎很受用。

"以后我们每晚都来这里吧。"老头儿的声音，轻轻的，商量的。

老太太说什么了，我没听清。我已悄悄走开了。我的身后，他们的呢喃，如虫鸣。

路过一个池塘，一片菖蒲正在狂欢，苍苍郁郁。睡莲和荷，都睡了。塘边的合欢树上，还有零星的花在开着，散发出迷人的味道。

◆ 同步诗词

夏夜追凉

（宋）杨万里

夜热依然午热同，开门小立月明中。

竹深树密虫鸣处，时有微凉不是风。

◆ 同步生字

dí	suì	chāng
涤	邃	菖

◆ 同步词语

dí dàng	gē zhì	shēn suì	fēi jiàn	chāng pú
涤荡	搁置	深邃	飞溅	菖蒲

◆文字游戏

1. 仿写句子

（1）风从这边吹过来，从那边吹走，月光的羽毛飞起来。

（2）夏天的夜晚，出门是件幸福事，人似乎是踩在琴弦上，或是鼓点上了，每一步里，都有音符在蹦跳，在流淌。

（3）月亮从一条河的背后，缓缓地，爬上来。那样一张光滑圆润的脸啊，是用洁面乳洗过的，是用奶油泡过的，一条河立即银光飞溅。

2. 短文练习

（1）夏天的夜晚，多出去走走，看一个月亮慢慢长出来。它是从哪里长出来的呢？是从河里面？是从山后面？是从人家的窗户里？还是从田野里？还是从草原的尽头？

_____

_____

_____

_____

（2）数数天上的小星星。星星与星星会串门玩吗？它们会玩些什么呢？

_____

_____

_____

_____

（3）听听小虫子哼唱。它们自谱的曲子真不错，可惜没有歌词。你给它们的曲子填上歌词吧。

◆涂涂画画

夏天的夜晚，数星星的孩子，遥望月亮的小猫，睡不着的小鸟……好吧，画下它们。

6 夏天的果实

夏天的果实

初夏。花渐渐隐退，绿开始蔓延。站楼上俯瞰，近处，远处，高高低低的，都是绿。

树顶上，披着绿。树下面，铺着绿。每一只鸟的啁啾里，也都是绿。绿荫幽草胜花时，果然。

最喜那绿影斑驳，如水波潋滟。人从那头走过来，像大大小小的游鱼。活泼的稚童，是那小金鱼；步履缓缓的老人，则像那沉稳的鲤。我会在那绿荫道上来来回回走，我想象我是一条什么样的鱼呢？是一条彩鱼，还是一条白鳞？

我和那人去散步。我们停在枇杷树下吃果子，和鸟一起。鸟吃鸟的，我们吃我们的。新植的枇杷树上，挂着那么多金黄的小果子，甜着呢。我们吃了很多。

遇到李子树，我们又停下来采李子吃。李子太多了，晶莹的紫色的小果子，在枝枝叶叶间闪亮，地上掉落一层。我们吃得牙发酸。他说，我们仿佛回到《诗经》年代了。我笑了。是啊，野有蔓草，露珠晶莹。又食野之苹，可以边走边吃。

又遇到桃和梨。桃还青着，梨还青着，小小的一粒粒。尚不能吃。看着，也是叫人高兴的。路边现在遍植这样的果树，春天可以赏花，夏天可以吃果，一举两得。

桃

桃是我记忆里，最初触摸到的甜蜜。那时乡下，长桃的人家不多，也就那么三五户，屋后长一棵桃树。这样的人家，成了孩子们眼中的圣地。说它是"圣地"，一点也不夸张，我们总是怀着无限崇拜向往的心，远远望着那棵桃树，从开花到结果。连带那户人家的房，那户人家的人，那户人家的小狗小猫，在我们眼里，都成了不一般的。

少时的梦想，就是这样没出息得很，希望长大了能嫁到这户长桃的人家去，可以天天吃桃。那时，简单的欲求，简单的心，有阳光三两点，日日吃桃就是好日子了。我们为向往中的好日子，而认真地许诺，认真地快乐。

小时，家里长了一棵桃树。好几年里，它只开花，不结果。

有一年，它终于结果了，然只结了一只桃。

我们兄妹四个，四双眼睛天天盯着那只桃。从它只有拇指那么大，像颗青绿的纽扣开始，到它变得有核桃那么大了，上面生着一层小绒毛，我们望得心里甜蜜无比。

桃渐渐长大，渐渐浑圆起来，青皮里头，渗透出诱人的红。奶奶说，桃熟了。

我们却不舍得摘下它，拿桃叶覆着它，让它在树上挂着。

它饱满得能滴得下汁液了，甜蜜的果红的汁液。我们咽咽口水，愣是把想吃它的欲望咽到肚里去。

姐姐说，再过两天，就摘下它。我们点头，对摘下它的那一天，充满期待。

第二天清晨，我们尚未起床，听到早起的姐姐，从桃树底下发出的带着哭腔的惊叫："桃被人偷了！"我们惊得一跃而起，跑去看，哪里还有桃！满树的桃叶，都似乎在流眼泪。

我们难过了好些天。

玉米棒

乡村的盛夏，有着最为饱满的繁华，花开得欢，瓜果结得实。那些瓜果不是一只只，而是一篮篮，是必须用篮子装的。每家地里，都牵着绕着无数的藤蔓，上面挂满瓜果，丝瓜、黄瓜、香瓜、扁豆……哪里能数得清？

我回乡下看我妈，住在我妈的老房子里。房前长着一排一排的玉米，青纱帐一般。我望着玉米笑，想起小时偷集体地里玉米棒的事来。那时，提着篮子在玉米地里假装割猪草，割着割着，趁人不注意，就掰下一颗嫩玉米棒来，藏到怀里。自以为没人看见，若无其事往家走。事实上，却耳热脸红的，心里不坦然，走路的样子也就很不自然起来，像只笨笨的小熊，一摇一摆的。

大人们怎么会看不出来呢？他们都心知肚明着，这孩子怀里藏着嫩玉米棒的。他们只笑笑的，不说破。

　　我回到家，立即迫不及待把玉米棒放到灶膛里烤。灶膛里的火，映红一张兴奋的小脸。不一会儿之后，玉米粒的香味就四溢开来，熏香了整幢房子。现在城里的饭店里有用嫩玉米粒做菜的，和着虾仁炒，油水淹着，是乡下女子化浓妆，失了她的本真。我还是喜欢烤着吃或煮着吃，一咬一大口，香味隽永。

梨

从前家里是长梨树的。

长了好多年。从我记事起，一直到我中学毕业，到我大学毕业，到我成家有孩子了。

两棵，在屋门口。一棵结瓢梨，一棵结苹果梨。

瓢梨果实大，渣滓多，皮糙，我们不大喜欢吃。苹果梨光滑，皮脆肉嫩，水分足，又果实小巧，一咬一口甜。我们问过奶奶这个问题，长那棵瓢梨做什么呢，为什么不改长苹果梨呢？

我奶奶怎么答的，我忘了。似乎是答，万物的存在，都自有它的道理。

奶奶是个惜物之人。那瓢梨她摘下来，去皮，切片，和冰糖一起炖，好吃得很。还治多痰、咳嗽。我们又因此，喜欢上那棵梨树了。

乡下有梨园。

　　夏天，梨子飘香，树上挂满梨子，绿锤子似的，一串一串。

　　我和苹像两只偷腥的小猫，防了那管梨园的麻子大伯，溜进梨园去偷梨。

　　我们攀折一根梨树枝，坐在地上，尽情地吃着上面的梨子，梨汁蜜甜地在嘴里面乱窜，让我们幸福得想哭。

　　正陶醉地吃着，不提防，被麻子大伯给逮着了。他把我们押送到父母跟前，苹挨了她爸的打，我被我妈罚跪，膝盖都跪肿了。我们心里恨死了麻子大伯，觉得他是天底下最坏的人。

晚上，我们一家人正在晒场上纳凉，麻子大伯来，送了小半篮子梨来。他嘿嘿笑着摸我的头，说："要吃梨，告诉一下大伯，大伯给你摘，不要弄折了枝条，明年还要结梨的。"

我立即羞惭得不得了。从那以后，我再也没有碰过梨园里的梨，再馋，也没碰过。

南　瓜

南瓜我小时是吃怕了的，上顿下顿都是它，从夏吃到秋。它比其他农作物好长，一粒种子种下去，就会长出一大蓬来，牵牵绕绕中，大朵大朵的南瓜花开了。不几日，花谢，南瓜打苞了。这个时候，它们像野地里的孩子，见风长，不出半月，就长成一个一个的胖娃娃，淘气地卧在叶中间。

我奶奶会想着办法吃它，早上是南瓜粥，中午是南瓜面条，晚上又是南瓜粥。南瓜还可以做炒菜，用韭菜炒。还可以烧甜汤，南瓜汤。奶奶做的南瓜饼，是我们最喜欢吃的。只是南瓜饼要用油炸，耗油，奶奶不常做。

西　瓜

有一年，我家栽了很多西瓜，在胡桑地里。

因为地里有西瓜，我爱上采桑叶了。

上面是绿绿的厚厚的桑叶，下面爬满西瓜藤。结出来的西瓜只有小皮球那么大，却甜得很。我去采桑，日高人倦，我弯腰摘一只西瓜，倚着一棵桑树，小拳头对着它，使劲一擂，西瓜就砸成几瓣，瓤红籽黑，煞是诱人。我能一气吃上三四只，吃得肚儿溜圆，又解渴又解疲乏。

我姐常拿我小时的这事打趣我，她说，你啃西瓜的样子，就像一头小猪。

我在她的笑声中跌入到从前，那些风轻云淡的日子，那些贫穷而无忧的时光，"啪"一下，西瓜裂成几瓣，瓤红籽黑。耳边似响起更远的从前，先人们那悠扬的歌声："十亩之间兮，桑者闲闲兮，行与子还兮。"

小时，家里没有冰箱。那时哪见过冰箱呢？连电风扇也稀有。

然酷暑里，有井的人家，还是能吃上一两块冰镇西瓜的。

地里采回的西瓜，搁井桶里，井桶吊到井里面。过上一两个时辰，提上来，一股凉丝丝的冷气，扑面而来。

我们等着奶奶用刀切开它，迫不及待拿上自己的一份，低头咬下去，啊，牙齿幸福得直打战。甜蜜的冰凉，从喉咙一路而下，直

抵胃，瞬即弥漫整个心房，身上的每一个毛孔，都跟着欢快地舒展开来。

香瓜和梨瓜

在夏天，我奶奶会弄来各种瓜秧，在家前屋后栽上，在田间地头栽上。那时，我看我奶奶，简直像个超级魔术师，能在短时间里变出那么多的瓜秧。

南瓜、丝瓜是不消说的，还有西瓜、黄瓜，还有我顶顶喜欢吃的小香瓜和梨瓜。

小香瓜品种稀少，产量也小，少有人家长。但我奶奶每年都会长，她喜欢吃，我更喜欢吃。

结出来的小香瓜只有拳头那么大，皮肉都是碧青色的，香气浓烈。屋子里若摆着几只小香瓜，一进门就能闻见。那香，是小香瓜特有的香，带着奶味。瓜瓤更是香，甜香，能醉倒一窝蚂蚁。

托一只小香瓜在手，我几口就吞下去了，连皮带瓤。那时的愿望是，天天能有小香瓜可吃，才叫幸福呢。然小香瓜却不能天天

有，一株藤上，也只能结那么几只，且它的成熟，很慢很慢。我们天天去瞅，它成长得像蜗牛爬行，真是慢。

问奶奶，奶奶，它怎么结得这么少呢？

奶奶说，因为它是香瓜啊。

那时不懂奶奶这话是什么意思，难道因为它是香瓜，它就结得少吗？等人生经历了一些事之后，我始才明白，天地万物，原各有各的定数。

还有一种瓜我也印象深刻，这种瓜叫"梨瓜"。皮肉是翠色的，不香，却脆得很，水分特别多，一咬一大口瓜汁。

这瓜非常肯结，一根藤上，能结上十只八只的，小的也有榔头那么大，吃一只就饱得很了。

有一天早上，我们摘了很多梨瓜，堆在井旁边。一过路人看见，他已走过去了，复又走回来，盯着我家那堆梨瓜看。我奶奶赶紧挑一只，塞他手里。

那人咔嚓咔嚓啃完一只，又啃一只，夸道，你家的瓜真好吃。

我奶奶高兴地又塞他几只，让他带回去吃。

十月里，那人忽然提半篮熟柿子来到我家。柿子是他家长的，他是来报几只梨瓜的情的。我记得那柿子红彤彤的，真是甜透了。

丝 瓜

丝瓜是个美人。

它垂挂在丝瓜藤上的样子，如调皮的美人在荡秋千，实在动人。青绿的身上，有着隐隐的纹路，头上还顶着一朵黄。望着它望久了，会觉得它的身下，生着绿绿的风，清凉得不得了。

它姐妹繁多，根本数不尽有多少。似乎每一朵小黄花，都能结出一根丝瓜来。满满一瓜藤的小黄花呀，跟小鱼儿吐泡泡似的，吐了一个又一个。

每天清晨，我奶奶会摘下两根丝瓜来，当我们午饭的菜。丝瓜炒鸡蛋，好吃。丝瓜炒韭菜，好吃。丝瓜烧嫩黄豆，好吃。丝瓜烧豆腐，是最家常的菜。

我们总能吃上满满一个夏天。

到秋天，吃不完的丝瓜，会在藤上老去。我奶奶就摘下它们，敲打敲打，把里面的籽敲去，它就变成清洁用的工具——丝瓜络，洗锅洗碗抹桌子，都用它。

◆ 同步诗词

丝瓜

（宋）杜汝能

寂寥篱户入泉声，不见山容亦自清。

数日雨晴秋草长，丝瓜沿上瓦墙生。

◆ 同步生字

lǚ	táng	xūn	chán	ráng
履	膛	熏	馋	瓤

◆ 同步词语

yǐn tuì	màn yán	zhōu jiū	liàn yàn	zào táng
隐退	蔓延	啁啾	潋滟	灶膛

◆文字游戏

1．仿写句子

（1）最喜那绿影斑驳，如水波潋滟。人从那头走过来，像大大小小的游鱼。活泼的稚童，是那小金鱼；步履缓缓的老人，则像那沉稳的鲤。

_____

_____

（2）甜蜜的冰凉，从喉咙一路而下，直抵胃，瞬即弥漫整个心房，身上的每一个毛孔，都跟着欢快地舒展开来。

_____

_____

（3）丝瓜垂挂在丝瓜藤上的样子，如调皮的美人在荡秋千，实在动人。

_____

_____

2．短文练习

瓜果的成长也很有趣呢，如果有机会，你不妨去听听一只西瓜，是怎么欢呼着长大的。它起初也是一朵小黄花呢，花脱落，花蒂那里，慢慢结出一枚小果子，啊，像颗绿绿的小宝石。就是这颗小宝石，肚子藏着红瓤黑籽呢。很有意思吧？写下它的成长过程。

你喜欢的瓜果还有哪些？说说你为什么喜欢。把它们推荐给大家吧。

◆ 涂涂画画

1.画只桃吧，画只梨吧，画只南瓜吧。画两只可爱的南瓜帽子，戴在小公主和小王子的头上，他们提着南瓜做成的小篮子，快乐地在桃园里摘桃子。

2.有一个很了不起的画家，他叫齐白石，他画了好多好多的丝瓜图，什么丝瓜和蜜蜂啦，丝瓜和蝈蝈啦，丝瓜和草虫啦，丝瓜和蚱蜢啦，丝瓜和蜻蜓啦，丝瓜和乌鸦等等，你也可以画一幅丝瓜图呢，就画丝瓜和小精灵怎么样？你以为的小精灵是什么样子，就画什么样子。

⑦ 夏天的植物

凌　霄

　　提笔写凌霄，突然捉不准凌霄花的样子，遂下楼，去看凌霄。

　　也无须跑多远，出了小区就有。小区后有小河，东西横亘，河边的桥栏上，就攀着一大丛凌霄。黄昏散步时，我会在那丛花边停一停。前几天，我在那里居然碰见一只小狗，它很认真地在嗅着一朵花。那画面真美好，让我一想起就感动，就要微笑。

　　河北岸是大面积的绿化带，里面有花廊，专门为凌霄花搭的。有半年的光景，那花廊是寂寥的，凌霄也是寂寥的，它赤裸着身子，像僵死的蟒蛇的尸体。然一俟花开，整个花廊就眉目飞扬起来，给人琴瑟齐鸣门庭若市的感觉。

　　这会儿，我先去看了桥边的凌霄花，又跑去花廊下。花廊下没有人，只有风，和阳光，和凌霄花。我在那花廊下走过来，再走过去，头顶上的凌霄花冲我吹口哨。我笑着仰头看它们，不自觉地也嘟起嘴，吹出一声口哨来。

　　凌霄花不单会吹口哨，还擅长拨弄琴弦，轻吐鹂音。——那花朵，太像一张会歌唱的嘴了，五瓣儿张开，微微向外卷着，橘色里，染着红。幽深的心房里，藏着琴弦。那贴壁而生的花蕊，真的很像几根琴弦，琴弦的顶端，还别具匠心地各系上一朵小花，浅淡的黄，粉嘟嘟的。

　　阳光照在花朵上，像给花朵镀了一层釉彩。它们看上去，很像一些精心打造的彩釉艺术品了。

凤仙花

我们长凤仙花，不是为了观赏，而是为了染指甲。

凤仙花好长，种子掉哪里，哪里就能长出一大片，你追我赶地长，一心一意地长。

我家屋角后，每年都有成片成片的凤仙花冒出来。也无须特地播种，乡下的花，少有特地播种的。风一吹，你家的花，跑到我家来了。我家的花，跑去你家了。也有鸟来帮忙，把花种子衔得到处扔。有时，你在废弃的墙头，看见凤仙花，或是鸡冠花，或是一串红了。你也可能在哪个沟渠里，发现了凤仙花的影子。你不必惊讶，乡间的花，原是长了脚的。

我家凤仙花开的时候，真有些壮观了，红的黄的白的紫的，像落了一地的小粉蝶，吵嚷得厉害。我们不懂赏花惜花，只管把那些花啊叶子的，摘下来，捣碎，加了明矾，搁上几个时辰，染指甲的原料就算制成了。

天热，晚上屋子里闷，大人们也都要在外头纳凉。虫鸣唱唱，闲花摇落，星子闪亮，静下来的时光，总让人好脾气的。我妈和我奶奶，难得地坐到一起，一边摇着蒲扇，一边话搭话地说些碎语。我和我姐去挑了肥圆的黄豆叶子，让我奶奶给包红指甲。我妈兴致上来了，也会帮我们包。

捣碎的凤仙花，敷在我们的指甲上，上面盖上黄豆叶子，用棉线紧紧缠绕了。一夜过去，第二天，手指甲准变得红艳艳的。

刚包好的手指甲沉甸甸的，偏偏蚊子来叮，手却搔不了痒，急得双脚直跳，却舍不得弄脱缠好的指甲套。我奶奶或我妈，这时会笑着来帮忙。

露水打湿了头发，夜已渐深，却迟迟不肯进屋去睡。小小的心里，也有了贪，希望这样的静好清欢，能够地久天长。

丝瓜花

盛夏的乡下，最美的风景，莫过于满眼满眼的丝瓜花了。

那花是怎么开的？简直像一群活泼的孩子，在天地间撒野了，草垛上伏着，院墙上爬着，树上攀着。最让人惊艳的是，满屋顶的

花笑逐颜开。是的，那是笑了，一朵一朵的小花，异常干净地笑着。仿佛就听见锣鼓喧天，厚重的丝绒帷幕缓缓拉开，它们就要来一场大型舞蹈了。

其实，单朵看丝瓜花，不美。但清纯、朴素的一张小脸，让你忍不住喜爱。是心底留存的洁净。而百朵千朵的丝瓜花一齐开放，就是壮观了。看着它们，心里不能不涌起一种震撼：微弱的生命，原也有这等的爆发力。

著名的写春天的诗句"黄四娘家花满蹊，千朵万朵压枝低"，我猜想诗里的花，是桃花，或梨花。若是换成丝瓜花呢？定是千朵万朵压藤低了。那些丝瓜藤，实在美妙得很，细细的，沿着什么攀援而上。又是袅娜的，如风情万种的女子，有着纤弱的腰肢，一步一步，都藏了生动，藏了语言。牵牵绕绕，绕绕牵牵的，像蓄着一段暗生的情愫，理不清，说不尽。

　　遇到一蓬丝瓜。

　　不远处，野草们疯长，长得比人高，然丝瓜架上的丝瓜，却秩序井然，一朵一朵的小黄花，在绿藤上跳着舞，它们黄衣黄裙地穿着，再戴个黄头巾——它的蕊，多像团黄头巾啊，且是毛线织的那种。

　　看到它，我觉得亲切，亲切得如遇故人。我一得空闲，就跑过去看它。

记忆里，每年的夏天，它从不缺席。我奶奶在厨房后长它，一棵小小的丝瓜秧子，能牵出半屋顶的藤蔓来。开花时节，它给灰扑扑的厨房，很认真地簪上一朵一朵柔黄的花。它这么一装扮，平时不起眼的厨房，变得很好看了，叫人望过去多高兴啊。我们寻常的饭菜，也变得不一样了，似乎添了一些好滋味和好颜色在里头。

石 竹

石竹花开了。这种花开得最用心不过了，每一朵，都像谁精心裁剪过似的，然后一针一线，缝制成小裙子。它的模样真的太像小裙子了，那些粉色的，镶了花边的，裙摆张开，迎风摇曳，是一堆

小姑娘在舞蹈。我们小孩子也不懂珍惜，大把大把地采摘它，胡乱插满头。那些天，我们都是好看着的，都是一朵盛开的石竹花。

木　槿

木槿，乡下人不当花，是当篱笆的，院边栽一排，任它在那里缠缠绕绕。

它在六月里开花，一开就是大半年光景，朝开暮落，白白紫紫，讨喜的小女孩般的，巧笑倩兮，一派天真。现在想想，那时的乡下小院，虽贫瘠着，然有木槿护着，又是多么奢侈华丽。

如今，城里多植木槿，路边，河畔，常能遇见。满目的深绿浅绿中，三五朵紫红，三五朵粉白，分外夺目，让遇见的心，会欢喜起来，哦，木槿呢！

乡下却少有它的踪迹了，喜欢木槿的老一辈人，已一个一个离去。乡下小姑娘来城里，不识路旁的木槿，我耐心地告诉她，这是木槿啊，以前乡下多着的。

这么说着，鼻子突然莫名地有些酸涩。时光变迁，多少的人非

物也非，好在还有木槿在，年年盛放如许。

　　它又名"无穷花"。我喜欢这个名，生命无穷尽，坚韧美丽，生生不息。

　　顶喜欢到那河畔去，在夜晚。河里有船，载着一船灯火，突突突驶过。河对岸的树木茂密成岛屿。黑夜里望过去，真像岛屿。

　　我顺着水走，我把自己想象成是一条游鱼。两边的绿意堆砌着厚厚的静谧。垂柳或是七里香，又有些别的树木。我还认出了木槿。它站在树丛里不说话。但我看到它的花朵了。黑暗里虽然看不真切，但我知道，它穿着一身淡紫的衣裳，站在那里，微微笑着。像个文静羞怯的小姑娘。

薄　荷

不知它打哪儿来，最初的记忆里，就有它。

屋后吧，凤仙花开得呼啦啦呼啦啦，而它，姿态优雅地站立其中，恬淡地注视着，仿佛在看一群活泼的孩子，以一颗包容欣赏的心，由着它们热闹去。

最是奇怪大人们，咋就知道屋后有薄荷呢？他们是从来不看那些凤仙花的，但他们就是知道，哪里有凤仙花，哪里有薄荷。在他们眼里心里，每种植物的生长，都是天经地义的事，值不得大惊小怪，如同日升月落。他们吩咐一声："去，到屋后掐几片薄荷叶子

来。"那是因为孩子们身上生痱子了,奇痒无比。孩子们得令,"嗖"一声飞奔过去,胡乱掐上一把来,满指满掌,皆是薄荷香啊。他们拿它冲了热水,给孩子们泡澡。孩子们的身上,散发出薄荷经久的清凉。还真是神奇,只要洗上两次薄荷浴,孩子们身上的痱子就不痒了,不知不觉,消失了。

也有用薄荷泡茶喝的。不用多,沸水里丢下两片叶子足矣。我爸有个白瓷大茶缸,他每天早上外出干活,都泡上一大茶缸薄荷茶——凉着。暑热里归家,来不及脱了草帽,就奔向它,抱着它咕咚咕咚大灌一气,满足地长叹一声:"真过瘾啊。"秋深时节,薄荷也凋零,那个茶缸没有薄荷可泡了,我们拿了它去清洗,手指上缠绕的,竟都是薄荷的味道。长长久久。

栾 树

夏天一场雨后,风变得没那么急躁了,湿润起来。去林荫道上走走,咦,平日走惯的路,跟往常不一样了,多了些香气。那香气,好闻得很,有些像炒熟的面粉,透着麦粒香。没费多大劲,我就找到源头了，吃一惊，原来，是栾树，它们开花了。且开且落，地上铺一层，被雨水浸泡着，体香就再也藏不住了，漫溢出来。

栾树的花，很细密，黄里印着浅浅的绿，一撮儿一撮儿的，藏在浓密的叶间。倘若不是有心去细看，还真就忽略掉了。谁知这平凡而细小的花里面，有着日后惊人的华丽呢！未来是个未知数，用平凡成就伟大，完全有着可能。对花如此，对人亦如此。

合　欢

合欢始开，初见世面的样子。彼时，它尚未完全放开手脚，所以，开得含蓄，开得羞涩，试探着，把好颜色一点一点涂抹上去。不急，人家一点也不急。我却看呆了，多美的一树树花啊！尤其是在暮霭时分，那一丝一丝的绯红，尤显突出，温柔得能掐得出水来。

别的花是一瓣一瓣开的，合欢却是一丝一丝开的，慢慢开，如桑蚕吐丝一般。

我们以为还得等等哪，哪知稍稍一分神，它已织出一个小粉扑。——它的花，真像一个小粉扑，女孩子化妆，可拿它沾胭脂，扑在脸上。

有时看着，它又特像一个粉色的小绒球，可直接别在帽子上做装饰。

六七月，合欢花开得盛。

这个时候，我顶喜欢到那条合欢道上去走走。

"合欢道"——是我给它取的名。因道路两旁遍植合欢，树又高又密，花开时，青绿的叶上，浮着粉霞一般的花儿，远远就能望得见。

合欢花生得貌美，然体质纤弱，不堪风吹。风稍稍吹吹，花儿就掉了。我在树下捡那些花儿，能捡上满满一口袋。然后我一边走路，一边伸手在口袋里，愉快地碰碰它们。啊，手指上都是香的！那种香，有着小儿女的体香，温软的，甜蜜的。

合欢的叶子也可爱，白天，它们像花朵一样开放着，舒展着。到了夜晚，它们又像花朵一样闭合起来。那叶子闻上去，也是香的。

《红楼梦》里，有用合欢花泡的酒，宝玉喝着，黛玉喝着。这两个仙人儿喝着，我觉得极配。不知用它泡茶喝可好？我想尝试尝试。

荷 花

盛夏里，塘里的荷自然唱了主角，在层层叠起铺展的绿中间，荷一朵一朵，悄然盛开，如一阕阕小令。哪里能瞒得住风的耳朵？

十里八里之外，风都能听得到它轻轻绽放的声音。风跑过去，收拢起一朵一朵的清香，撒得四下里飞溅。人闻到，一个愣神，啊，荷花开了。平淡的日子里，陡添一重欢喜，咦，看荷去吧。

满塘墨绿的荷的影，你映着我的，我映着你的。古人写它，"水面清圆，一一风荷举"，又或是，"满塘素红碧，风起玉珠落"，哪里又能描尽它的丰姿？你想用千万个好来夸它，一时又无从说起。

荷在轻轻吐香，你甚至能听到它们的心跳。开尽的正在话别，相约着下一场花开再相见。含苞的"啪"一声怒放，花蕊间，盛满喜悦。

突然怀念起小时的乡下，几家人共用一个小池塘，平日的吃喝洗涮，全在里头。塘里面长菱角，也长荷。荷花开的时候，三五朵不等，撑着一张粉艳的大脸庞，站在池塘的一角，站在水的上面。它美，美得有些邪乎。在我们小孩的眼里，那是很奇怪的事。我们一度叫它"魔鬼花"，不敢去碰它。

荷叶我们却喜欢。我们摘下它来，当帽子，顶在头上。祖母还用荷叶做过粉蒸肉，真是天底下最好吃的东西。

午时，我走过小池塘，荷在池塘的一角，站着，红艳艳的。我静静看它，它也静静看我。天地间没有一点声响，鼓噪的蝉也停了鼓噪，小麻雀们也不闹了。我很希望它变成一个仙女，走上岸来。但到底没有。直到有大人走近，吓唬我，你这小丫头，一个人在这里犯什么傻呢，当心塘里的老鬼把你拖下去哦。我突然地害怕，转身就跑。现在回忆起来，我那时害怕什么呢？是害怕到河里去，变成一朵花吗？小小的心里，大约是害怕着发生变故的。你做你的花，我做我的小孩，这才是最好的。

满湖的肥绿之上，荷在。一朵。两朵。三四朵。红的。白的。红的似红粉佳人，巧笑盈盈。白的似白衣少年，清纯安静。荷开，不喧不闹，不挤不攘，那份安静，是骨子里的。它慢慢儿地，一瓣一瓣打开。它知道，好时光原是容不得打马飞奔的，须得一分一秒珍惜着，才不算辜负。

　　这是玄武湖，荷真多，多得快看不到湖水了。

　　我夜晚来看过一回。那时的天空太像汪着一片湖了，月亮是养在水里的一朵白荷，且是含苞欲放的那一朵，肌肤鲜嫩得近乎透明。我屏声静气，看月，看荷。风踩过一片月影花影，月和花皆静悄悄的，人的声音喁喁如萤火虫飞。我待到很晚，装满一口袋的月光与荷香。

　　清晨来看，是另一番景象。太阳醒得真早，才五点，它已蓄势待出。荷起得更早，它们梳洗一新，一个个神清气爽，像是要去赴什么盛大聚会。我的眼睛里装不下别的了，全是荷，它们踮着脚尖的样子，它们踩着舞步的样子，它们半遮半隐的样子，它们含情脉脉的样子，它们窃窃私语的样子——都是别的花卉无法模仿的。

　　我爱那含苞的。粉嘟嘟的，比婴儿的肌肤还嫩，真想咬它一口。但果真地让我去咬，我怕是又下不了口了——它实在是太柔嫩了！

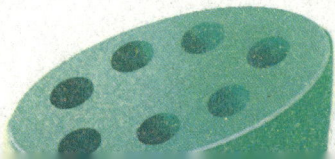

我也爱那绽放好了的。那么大个脸盘子，明眸酷齿，光华熠熠，好比神仙妃子。它的花蕊金黄，像堆着一撮儿金子。它大方得很，一点儿不吝啬，托着这一撮儿"黄金"，要赠给有缘人。它的举止里，全是贵族气派。

莲蓬初结也好，如青发齐额的稚子。这个稚子趁人不备，偷溜出家门，踮着脚尖四下里张望，眼睛里跳动着无数颗好奇的小星星。

有男人蹲在一朵荷花跟前，蹲老半天了，他就那么看着那朵荷花，禅定一般。我在不远处看他，觉得有趣。

突然听到身后一声惊呼：快来快来，看这里的荷花！

随着声音落下，一男一女跑了来。

我笑起来，走开去。走一段路，忍不住回头看看，又笑。蓝天下，有荷在开着，有人在赏着，谁说这不是幸福事呢！

蒲

苦艾味苦，苦到骨头里，是愁眉苦脸的一个人哪，终年看不见它的笑。我们采一把苦艾，手上的苦味，搓洗很久，也去不掉，我们不爱。蒲却清清爽爽的，是喜眉喜眼的女儿家，又憨厚，又天真。它在水边端坐，罗裙青青，长发飘拂，那方水域，便都染着淡香。我们拿它绿绿的枝叶缠辫梢，每一丝头发，都变得好闻。

夏天，它抽出一枝一枝橙黄的穗，棍子一样的，我们叫它"蒲棍"。采了它，晚上点着了，可熏蚊虫。我们也举着它，当灯，去草丛里捉蟋蟀，捉蚂蚱。

小城新辟的观光带中，不知是谁的大手笔，竟辟出四五个浅塘，里面长的，全是蒲。阔别它多年，偶然遇见，我的惊喜不言而喻。我不时跑过去看它。它开花，嫩黄。它抽穗，橙黄的一枝枝，像棒槌一样的，昂立，长长的碧叶衬着，实在漂亮。它还有个别名，叫"水蜡烛"，真正是形象极了。它是替鱼照着光明，还是替莲和菱，还是心中本就生着一枝枝光明？

我每回去，都见有孩子在它边上玩耍。他们攀下一枝枝水蜡烛，在风中快乐地挥舞着。我为他们感到庆幸，有蒲熏着的童年，总有一缕清香在飘拂。

茉莉花

茉莉开花，香。

阳台上摆着一盆，一推开门，就闻见了。喜，奔过去看，是它开花了。

它的花朵小巧，初开时涢着红晕，有点害羞的意思。然后，开着开着，就大方起来，一身洁白，可以做女孩子的白裙子了。

花期却短，早晨开，午后我去看，它已整朵掉落。枝上别的花苞，却层出不穷地冒出来，这朵息了，那朵开，这样承接着，也能开上十天半个月的。

有一年，我买一盆茉莉，忙得没空照顾它，就把它搁在室外，任由它风吹日晒的，冬天也不曾顾惜它。等我想起来再去看它时，它已彻底枯萎。我心存内疚，没扔了长它的花盆，让它的遗骸在里面待着。

来年夏天，它枯死的根处，意外地冒出新绿，抽出新枝来。仅一枝，瘦得不堪系东风。然那新枝上，却很快结出了小花骨朵儿。不久，花真真切切开了，认真地素白着，认真地清香着，叫我惊喜了一个夏天，感动了一个夏天。

紫 薇

紫薇花开，真是不得了的事，端的就是云锦落下来。不是一朵一朵地开，而是一树一树地开。哗啦哗啦，紫的，白的，红的，蓝的……颜料桶被打翻了，一径泼洒下来。每瓣花，都镶了蕾丝一般的，打着好看的褶子。瓣瓣亲密地挤在一起，朵朵亲密地挤在一起，于是你看到的，永远是大团大团的艳。惊艳——它是不鸣则已，一鸣惊人。

黄昏时的天空，像个贪玩颜料的小孩子，身上脸上，全都被颜料涂抹得花花绿绿的了，红的蓝的紫的粉的，哎，幼稚天真得不像话了。

却又不得不承认，这样的天空，真是好看啊，率性、明丽，有着大把的热情。

紫薇花不声不响已占了半壁江山了。我一出小区的门，就被它们吓了一跳，这才几天没留意啊，路两旁，已全被它们给占领了，衣袂飘飘，浩浩荡荡。

　　"盛夏绿遮眼，此花满堂红"，它的出现，似乎专门为安慰盛夏而来。

　　伸手搔搔它光滑的枝干，看它是不是真的怕痒——这是每年遇到紫薇花时，我必玩上几回的事。可能是它头上缀着的花太多了，太沉了，它并未因我的抚摸而"彻顶动摇"。然想起它的别名——"痒痒树"，我还是忍不住一乐。

◆ **同步诗词**

采莲曲

（唐）王昌龄

荷叶罗裙一色裁，芙蓉向脸两边开。

乱入池中看不见，闻歌始觉有人来。

紫薇花

（唐）白居易

紫薇花对紫微翁，名目虽同貌不同。

独占芳菲当夏景，不将颜色托春风。

浔阳官舍双高树，兴善僧庭一大丛。

何似苏州安置处，花堂栏下月明中。

◆ 同步生字

sì	fū	zān	xiāng	mèi
俟	敷	簪	镶	袂

◆ 同步词语

mén	tíng	ruò	shì		wéi	mù		xiān	ruò
门	庭	若	市		帷	幕		纤	弱

jiān	rèn		yī	mèi
坚	韧		衣	袂

◆ 文字游戏

1. 仿写句子

（1）我家凤仙花开的时候，真有些壮观了，红的黄的白的紫的，像落了一地的小粉蝶，吵嚷得厉害。

_____

_____

（2）我还认出了木槿。它站在树丛里不说话。但我看到它的花朵了。黑暗里虽然看不真切，但我知道，它穿着一身淡紫的衣裳，站在那里，微微笑着。像个文静羞怯的小姑娘。

（3）满湖的肥绿之上，荷在。一朵。两朵。三四朵。红的。白的。红的似红粉佳人，巧笑盈盈。白的似白衣少年，清纯安静。

2．短文练习

（1）夏天的植物除了梅子老师写的这些外，还有很多很多。比如，结香。结香的花在春天开完，在夏天长叶。它的叶子特别漂亮，像一枚布做的书签，摸上去绒绒的。比如，香樟。樟树是四季常绿植物，然它也有新陈代谢，夏天的时候，它一边长叶，一边掉叶。新生的叶子嫩得像菜心，味道特别像薄荷，晚上梅子老师散步时，走过树下，喜欢摘几片叶子闻，那时，再多的烦恼也没有了。

　　你也试试吧，去认识一些叶子们年轻时的样子，摸摸它们，闻闻它们，并写下它们。

_____

_____

_____

_____

_____

_____

　　（2）有个伟大的哲学家和作家叫梭罗，是个美国人，他说，心灵与自然相结合才能产生智慧，才能产生想象力。

　　所以，亲爱的宝贝，不要错过大自然的每一场美哦。夏天到了，就去赏荷花吧。就去赏紫薇吧。就去赏凌霄吧。或者，等待一朵茉莉开放。如果你喜欢它们，就把它们请进你的文字里，它们是荷花公主，它们是紫薇王子，它们是凌霄将军。哦，你怎么想象都可以。

◆涂涂画画

1.画个荷花公主。她拿荷花做帽子，拿荷叶做裙子。

2.画个凌霄将军。他骑在马上，吹着冲锋号。

⑧ 夏天的昆虫和鸟

喜　鹊

　　一入夏，鸟们是不大睡得着的了。凌晨三四点，就在我的窗外叫，叫得欢快极了。一个叫，百个应。真个有百鸟同庆的意思。它们庆什么呢？我想，它们该是歌唱这夏天，歌唱这丰盛的好日子。绿树成墙、成屋、成帐、成榻，虫子和瓜果，多得吃不掉，它们想吃啥就吃啥，想什么时候吃就什么时候吃。对于鸟们来说，这是大幸福了。

　　想起听来的一笑话。一乡下朋友，种十来亩地西瓜。西瓜眼见着成熟了，丰收了，可喜鹊们却毫不客气地，先来品尝。朋友很气恼，丢石子掷打，持了长竹竿驱逐。等他一转身，一大群喜鹊来了，它们在这只西瓜上啄一口，又到那只西瓜上啄一口。满田看过去，都是喜鹊，根本赶不走。

原来，喜鹊是记仇的。我不过尝你两口西瓜，你就对我又打又杀，好，那我索性吃个够！——喜鹊也不是好欺负的。

再遇到喜鹊啄瓜，朋友学聪明了，只轻轻在旁边哄上两句，你吃上两口就走呀，不要糟蹋了满田的瓜呀。喜鹊点点头，看看朋友，心说，这才对了，我们本该和平共处有瓜共享的嘛。它们没有再糟蹋瓜，真的只啄上几口，尝一尝好滋味，也就飞走了。

万物有灵。

所以，我信世间一切，皆各有各的情义。

野鹦鹉

实在不能不注意到那只鸟。

我在室内，被一阵阵鸟叫声牵住。怎么形容呢？像谁在吹口哨，一会儿急促，一会儿舒缓。又像两只鸟在兴奋地聊天，这个话音还未落呢，那个已抢过话头去，啾唧啾唧地说起来，迫不及

待想告诉对方什么好玩的事，似孩童般欢天喜地。

我追过去看。原来是一只野鹦鹉，立在隔壁人家的屋顶上。西边的阳光打过来，它的身影，成可爱的剪影，像一棵草。它独自待在那里，欢乐不已，自说自话。可它分明不是自说自话，它在说给风听，说给阳光听，说给屋旁的一棵银杏听。那些嫩绿的银杏叶子，每一片都镶着金边。

我实在被它的快乐感染了。我傻乎乎望着它，天地之大，无一处不是它的乐园。小花小草，清风朗日，无一个不是它的朋友。清心自在，原是这等模样。

萤火虫

去一片林子里走了走。我喜欢林子里的幽深，尤其是夜晚的林子。鸟们在树上睡觉，我知道的。露珠们悄悄来访，在每一片叶子上，都吻了一吻，我也知道的。

走至空旷处，一抬头，居然看到了星星！它们散落在那些树的上头，散落在不远处人家的楼顶上。火星子一样的。

久违了老朋友！我招呼一声，挺高兴的。

如果树丛里，再有萤火虫你追我赶着。那这样的夜晚，就再完美不过了。

我站着静等，竟真的等来了萤火虫。一只，两只，三只，静静地飞舞。夜色如水，它们像划着一叶载着灯火的小舟，在夜色里穿行。

它们是天地间的点灯人，点亮一颗颗走丢的童心。

蝉

　　黄昏出门，路过一些树旁，听到蝉们在合奏。一声长，一声短。它们使的是什么乐器，不大说得好。是他们特制的吧。我猜着，应该像口哨一类的。音节也不多，就在"4"或"5"上，一个音节拉很长，"发——""嗦——"，在空中没有丁点儿转弯，就那么直逼逼地，一径往云端里去了。我憋住气，想跟它们比赛下，

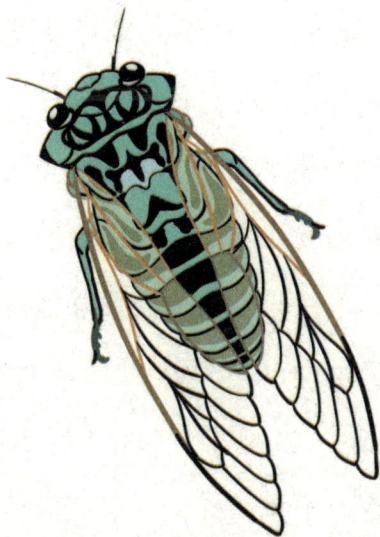

结果我败了。我至多憋个二十来秒钟，它们却能"嗦"上好几分钟——这是长调。它们也有短曲，如"吱吱吱、吱吱吱"，有时叫一声，顿两顿，似在等待听众反应。很短促，却很有气势，满树的绿叶子，都为之震颤了。你简直能想象它们那得意样，是把夏天握在手中的气概。

夏夜的舞台，是交给虫子们的。

蝉是不消说了，那家伙太高调了。也难怪，谁让人家天生技艺超群呢！若是在昆虫世界里搞个歌咏比赛，它非拔得头筹不可。它会的乐器种类应该不少，一会儿敲着架子鼓，一会儿弹着吉他，一会儿又拉起手风琴。有时，你走到一棵树下，会被它的大嗓门吓一大惊。它绝对是蓄意的，就等着你走近了，突然"吱——"地放一嗓子，绝对的高音。这爱恶作剧的家伙！发出的声音跟金帛撕裂似的。不，不，比金帛撕裂要强烈得多，简直是拿了大号在吹。且不带气喘的，一口气能吹上十里八里去。

倘若你刚好经过一片林子，那就不得不听听它们的大合唱了。林子里埋伏着成百上千只的蝉，人来疯似的，比赛着甩出高音和长音。是C大调呢，还是D大调呢？一时也难分清。只觉得那声势的浩荡，不亚于一场狂风骤雨，哗啦啦，哗啦啦，大珠小珠落玉盘。

北方的蝉尚在做梦，南方早已蝉声如浪了。

在普洱，率先来迎我的是蝉。不是一只两只，而是千只万只，响雷滚过似的，着实吓我一跳。

我住的宾馆旁，长了不少的鸡冠刺桐。花沸腾得如鸡冠攒攒，千万只蝉深埋其中，敲起战鼓。敲得我替它们紧张，战事就要开始了吧？我等啊等，却一直不见它们开始。也不知它们要和谁作战，那么士气高涨，从黄昏，到夜晚，鼓声不息。

这里的蝉跟北方的蝉的叫法有所不同。北方的蝉会撒娇，会突然"哗"的一声，像被谁捐了一把，闹着不依。这里的蝉性子直爽，一个个都是大嗓门，一开腔就是钟鼓齐鸣。想来蝉也有方言，各各不同。我设想，假如一只北方的蝉到南方来，怕是听不懂一只南方的蝉说什么的。但它们一定有一条秘密的通道，通往彼此。就像我听不懂一个山民的话，他也听不懂我的，但不妨碍我们，站着聊了大半天。

蜻 蜓

夏天，每当雷雨将至未至，田野上空会聚集满了蜻蜓。

它们在低空中不声不响地飞着，又忙乱又慌张。小小的褐黄的身子，努力划拉着空气，似乎沉重着，却又是快捷的。空气又涩又闷呢，雷雨就要来了。

我们追着蜻蜓跑，速度却永远跟不上它。

有孩子拿粘知了的网兜，向空中一挥，几只不走运的蜻蜓，在网兜里挣扎。

我们围着看，搞不懂，它薄而小的翅膀，怎么就那么能飞呢？

雨滴大颗大颗滚落，我们放了蜻蜓，它们迅速飞走。

它们的家在哪里呢？这是我童年一直想知道的事。

蟋蟀和纺织娘

八九点的时候，老街上的灯光，一盏一盏熄了。木板门"咔嗒""咔嗒"上了闩。我走在深巷里，只听见我的脚步声在响，星星们亮在头顶上。突然，有虫鸣的声音，传了过来，从那幽暗的里弄深巷处。起初也只是一两声，瞿瞿，瞿瞿。清脆、空灵。接着声音多起来，唧唧，吱吱，蝈蝈，这里，那里，千万只虫子叫起来，共奏一段小夜曲。我循着虫声找去，它们伏在哪片黛瓦上呢，或是躲在哪块青石板下呢？或者，就在那一丛扁豆花里，在那一蓬丝瓜花中。或者，就在那石槽供养着的铜钱草和晚荷中。

一个古镇，淹没在虫鸣声中。夜，夜得相当纯粹，再无别的声响。

蟋蟀在乡下，是叫"蛐蛐儿"的。这得名于它的叫声，蛐蛐，蛐蛐。虽声音有时也很嘹亮，但比起蝉来说，要文雅得多了。也有野趣，不吵人。有老人背井离乡，跟着儿女到北京城里住，日夜思念老家，茶饭不香，夏天尤甚。老人说，听不到蛐蛐叫了。孝顺的儿女，就托人捉了几只老家的蛐蛐去，用笼子养着，挂在老人的床前。蛐蛐们很善解人意，它们能从夏天，唱到秋天，唱到冬天。老人自此胃口大开。我信，蛐蛐儿会唱一首思乡曲，慰了老人思乡的心。

纺织娘是适合唱越剧的。你且听它唱来："轧——织""轧——织"。轻轻的，轻轻的，如此反复，时轻时重，时缓时疾，缠绵悱恻。又突然的，"织呀——"一声长调，像薄绸子飘向天空。极容易让人想到"纤纤擢素手，札札弄机杼"那样的诗句来，夏夜因它，变得很有些古意了。

◆ 同步诗词

新蝉

（唐）司空曙

今朝蝉忽鸣，迁客若为情？

便觉一年老，能令万感生。

◆ 同步生字

qú	xún	fěi	zhuó
瞿	循	悱	擢

◆ 同步词语

jí	cù	jiǎn	yǐng	zhèn	chàn
急	促	剪	影	震	颤

xù	yì	sā	jiāo
蓄	意	撒	娇

◆ 文字游戏

1. 仿写句子

（1）原来是一只野鹦鹉，立在隔壁人家的屋顶上。西边的阳光打过来，它的身影，成可爱的剪影，像一棵草。

_____

_____

（2）我站着静等，竟真的等来了萤火虫。一只，两只，三只，静静地飞舞。夜色如水，它们像划着一叶载着灯火的小舟，在夜色里穿行。

（3）这里，那里，千万只虫子叫起来，共奏一段小夜曲。

2．短文练习

（1）夏天，虫子们最爱开音乐会了。梅子老师很想知道，是谁把它们召集在一起的？它们会唱些什么歌呢？是赞美天空，还是赞美花朵？是赞美绿荫，还是赞美露珠？谁的歌声最动听呢？又是谁会的乐器最多？你不妨放飞你想象的那匹思想的小马，让它去虫子的世界里溜上一圈，回来后，给大家讲述一下它在虫子世界里的所见所闻。

◆涂涂画画

画一只蜻蜓，骑着一朵白云，四处游荡。或画一只夏蝉，划着玉兰树的叶子做成的小舟，流连于水上。或画一些提着灯笼的萤火虫吧，它们是要去谁家做客呢？——这是好玩的事儿，画下这些有趣的场景。

⑨ 夏天的趣事

纳　凉

　　小时候的夏天，没有一个孩子会待在屋内，全都泡在屋后的河里面。

　　我们玩打水仗，炫耀泳技，我们捉鱼摸虾，也摸螺蛳，一个个晒得像一条条黑鲫鱼。大人们也都不管束，放手让我们玩去。有时甚至也加入进来，踩着水，走到河中央去，摸上几条鱼来，改善改善家里的伙食。一河两岸，全是笑闹声。

　　粥从早晾到晚，用大盆子装着，搁在井水里冰着，一日三餐，全家人都喝它。竹叶茶也是从早晾到晚，大瓷盆泡着，谁渴了，回家来，自去舀上一碗，"咕咚"一声，入喉下肚，真解渴！地里的瓜多，香瓜、梨瓜、菜瓜，累累的，采上一些，吊在井里，想吃的时候，捞起一只来，皮都不用削，就啃下去，凉透心了呀。

晚上，屋子里热得睡不着，也没人恼，也没人怨，大家都心平气和得很，搬张凳子，坐屋外纳凉。邻里们多有相互串门的，你到我家来，我到你家去，摇着蒲扇，说古道今。孩子们有时撑旁边听几句，有时根本不耐烦听，可玩的东西实在太多了，忙不过来啊。我们要去捉萤火虫，要去捉纺织娘，要去竹园里粘知了。稻花的香气，一笼一笼袭过来。还有南瓜花的香。还有扁豆花的香。还有葵

花的香。还有黄豆荚和丝瓜的香。

满天的星斗，像锅膛里的小火星在跳跃，密得针也插不进去似的。大人们慢摇着扇子，仰头看天，预言般地说，明天的天，会更热的。也没人去愁，热就热吧，该派的。顺安天命，岁月从容。

摸螺蛳

一入夏，我们成日价的，跟屋后的河黏糊上了。

每天天一亮，才睁开惺忪的眼，我们就恨不得跑到河里去，把身子泡在凉凉的河水里。

我们扛着自家的澡盆，一窝蜂地奔到河边。会水的，直接跳到水里，在水中玩各种游姿，钻猛子，或是浮水，或是蛙泳，还比赛谁在水下闭气的时间最长。记得一个叫大碗的男孩子，他全身晒得黑不溜秋的，泡在水里面的腿和脚，印着一道一道的白条子。每次一帮孩子比赛，他总能得第一名。他能从岸边高高的柳树上跳到水里，像只机灵的青蛙。

大碗还有一奇，就是他每次下水，绝不会空手上来，他能从水里面摸上鱼来。

当然，我们所有的孩子下水，都不会空手上来，我们摸不到鱼，我们摸螺蛳，摸蚬子。

螺蛳是最好摸的。它们在浅水处活动，吸附在一些水中植物上。比如，菱。水面上铺着圆圆的菱叶，洁白的小花，像小星星一般，在菱叶间闪亮。我们扯出一根菱藤，伸手一探，哇，上面吸附着好多的螺蛳。一小会儿工夫，我们就能摸上一脸盆的螺蛳。螺蛳也喜欢吸附在树桩上。也不知什么缘故，那时，总有不少的树桩泡在水里。或许，那里曾长着一棵一棵的树。螺蛳把树桩当它们的宫殿了，它们成群结队住在里面。

男孩子都跑到河中央去了，一个猛子下去，会掏上一大把的蚬子来。蚬子和螺蛳我们都爱吃，拿韭菜炒着，是上等菜肴。有时，也会摸到河蚌。我们拿手上看一看，又扔到河里去。

我们不吃河蚌，觉得它长得好奇怪哦。它是住在一幢房子里的，紧闭着它的大门。那大门后面的神秘，让我们心生畏惧。

萤火虫，挂灯笼

"萤火虫，挂灯笼，飞到西，飞到东。"夏天的夜晚，我们唱着这样的歌谣，持了小瓶子，去捉萤火虫。

星光闪耀，仿佛是许多的萤火虫跑到了天上。而地上的萤火虫，又仿佛是天上的星星在闪。兰凤姐姐说："萤火虫吃蚊子哦。"我们都信以为真。我们追着萤火虫跑，一晚上能捉上一瓶子的萤火虫。我们把萤火虫放蚊帐里，让它们吃蚊子。然蚊帐里的蚊子依然在飞，我们也不在意，第二天，依然去捉。我们只享受奔跑的那份快乐，真是可怜了那些萤火虫，被年幼无知的我们，困在一只玻璃瓶里，失去了飞翔的自由。

是多年后偶然一次翻阅资料时才知道，萤火虫的寿命很短，它提着灯笼飞翔的时光，只有短短的五到七天。幼年时，它食蜗牛、田螺的肉，而成虫后，它只采食露水和花蜜。

染指甲

夏天，家家屋前屋后，凤仙花一开一大片，红的、白的、紫的、粉的，五彩缤纷，像歇着一大群的小蝴蝶。母亲嫌它太占地方，拿锄头锄去。但奇怪的是，到来年的时候，那地方又会冒出一大片来，茂密得一如从前。

这样的花我们女孩子最喜欢了，因为它的汁液可以染指甲。也没有谁特意教过，都无师自通地会染红指甲。我们摘取了它的茎和叶，加点明矾在里面，捣碎，把它搁置一两个时辰，就可以染指甲了。"染"的过程却是很长的，先把捣碎的凤仙花包在指甲上，然后需经过一夜的"捂"，那红红的汁液才能彻底渗透到指甲上，长久不会褪去。

夏夜，一大家子坐在场院上纳凉，祖母摇着把豁了口的蒲扇，讲一些老掉牙的故事。场院边长着一些黄豆，已结荚了。风过处，黄豆荚的清香，和着露珠的清甜在空中弥漫，很好闻。我和姐姐嗅着鼻子，跑过去，挑一些圆而阔的黄豆叶，摘下来，伸了手指头让祖母给包红指甲。这时的祖母是极有耐心的，她会细细地把捣碎的凤仙花，盖到我们的指甲上，用黄豆叶裹住，然后再用茅草一道一道地给扎牢了。十个指头立时觉得沉沉的了，不好受，但我们并不以为难受，反而乐得又蹦又跳的。

最怕的是，这时候偏偏有蚊虫叮咬，痒得很，却不敢伸手搔，只得在场头上跳着双脚叫，痒死了痒死了。每当这时，总会引来大人们一片哄笑。也有夜里睡觉不注意的，把包好的"指甲套"给弄脱了。第二天醒来，"指甲套"全遗落在枕头边，赶忙看手指甲，只有隐约的红。直后悔夜间的大意，晚上必重新用凤仙花包上。

那时，女孩子们聚在一起，会伸了手指头比谁的指甲染得更红艳。有时，挑完满满一篮子猪草后，几个女孩子坐在沟渠边说话，把染了红指甲的手放到水里面。红指甲在水里边晃啊晃的，一沟的水便都艳艳地晃动起来，是晃不尽的美。

美是不可湮没的，即使在贫穷里，它的光芒也无处不在。

采桑葚

夏天的乐事中，采桑葚算得上一件。

桑葚有个更直白的叫法：桑树果。

夏天，家家养蚕。我们小孩每天必做的事，就是去采桑叶。虽然头顶上有毒太阳烤着，但我们也没有多少不情愿，因为，我们可以爬到高高的桑树上摘桑树果吃。

一棵高大的桑树上，累累的，挂满了红红紫紫的果子。我们坐在树杈上，想吃多少，就吃多少。软软的果子，一口一个，轻轻一嚼，满嘴流淌着红紫的甜。我们的手被染得红紫，嘴唇被染得红紫，身上的衣，也被染得紫一块红一块的。这么狠狠地吃，还是吃不掉的，树上的果子实在太多了。喜鹊来吃，麻雀来吃，白头翁来吃，也还是吃不掉。树下落下一层，把那方土地也染得紫红乌青的，蚂蚁们成堆而来。

◆ **同步诗词**

纳凉

（宋）秦观

携杖来追柳外凉，画桥南畔倚胡床。
月明船笛参差起，风定池莲自在香。

◆ 同步生字

sī	xiǎn	bàng	chà	jiáo
蛳	蚬	蚌	杈	嚼

◆ 同步词语

gōng diàn	wèi jù	shǎn yào	shèn tòu
宫 殿	畏 惧	闪 耀	渗 透

◆ 文字游戏

1. 仿写句子

（1）满天的星斗，像锅膛里的小火星在跳跃，密得针也插不进去似的。

（2）星光闪耀，仿佛是许多的萤火虫跑到了天上。而地上的萤火虫，又仿佛是天上的星星在闪。

_____

_____

（3）夏天，家家屋前屋后，凤仙花一开一大片，红的、白的、紫的、粉的，五彩缤纷，像歇着一大群的小蝴蝶。

_____

_____

2. 短文练习

四季里，各有各的好，春有春的明媚，夏有夏的青绿，秋有秋的斑斓，冬有冬的素白。梅子老师更偏爱夏的青绿一些，因为它是轻盈的，可以不用穿太多的衣裳，可以放开手脚去跑。

夏天里，你都做过哪些有趣的事呢？晚上，在广场上踩着滑板车飞跑，算上一件。去一片小林子里等萤火虫，算上一件。去乡下听蛙叫，算上一件。去学游泳，算上一件。写下你的那些趣事，让大家分享你的快乐。

◆ 涂涂画画

给你写的有趣的故事，配上一幅可爱的插图。

⑩ 夏天宜听的曲子

《竹林听雨》

这是一首我每回听，每回都如初见的曲子。它是翠绿的、新嫩的，浑身上下透着清新清灵，仿佛是从深山幽谷吹来的一缕风，又仿佛是从高原湖泊上漂来的一朵花。听它时，不管我是身处闹市，还是身处暑热的烦躁中，喧闹和烦闷的心绪，也能立即被它抚得柔顺光滑。

主打乐器是古筝。你的耳畔，仿佛响着滴答的雨声，打在竹叶上，溅出绿绿的水花，生起绿绿的凉风。人整个的放松下来，眼里满满的，都是青翠。耳朵里灌满的，都是雨滴生绿的声音。天空是绿的，大地是绿的，脚也是绿的，手也是绿的，发也是绿的，人变成了一竿青青的竹了。身上的每一个毛孔里，饱吸的，都是水珠的清灵和清凉。雨声滴翠，竹叶轻轻摇曳，若有似无的风，它轻轻拂呀拂呀，好时光晶莹似绿水滴。

这个时候，你很自然地想起苏东坡那首著名的《定风波》中的诗句："莫听穿林打叶声，何妨吟啸且徐行。"诗人的意思是不必介意风雨，不要停下你的脚步，只管走自己的路，过好自己的人生。我却很愿意停下来，听听风穿竹林的声音，听听雨打竹叶的声音，细细品味这大自然的美妙。

琴与箫的搭配好听。悠远，绵长，竹林无尽头，雨落无尽头。什么叫地久？什么叫天长？你在悠悠弹啊，他在悠悠地吹，一刻也走成永恒。

葫芦丝也好听。有丝般的光滑，有月般的柔美，还有冰镇绿豆汤的爽心爽肺。听着听着，人不知身在何处了，年不知为何年了。我只想枕着这样的乐曲，渐渐睡去，沉入到一个千年的梦中去。那里，夏日的家园，有竹有雨，还有你。

《虫儿飞》

《虫儿飞》这首歌童声合唱的最好听，那些拍着小手边唱边跳的天真，由不得人不陷进去。

"黑黑的天空低垂，亮亮的繁星相随，虫儿飞虫儿飞，你在思念谁？天上的星星流泪，地上的玫瑰枯萎，冷风吹冷风吹，只要有你陪……"旋律轻快明了，歌词朗朗上口，只要你听上两三分钟，就能哼唱的吧。却独自携带着一股力量，能于瞬间把你关得紧紧的往昔大门，"轰"的一声撞开，往昔潮涌而来，你不可抑制地，沦陷了。从前，那些风吹过落花的日子。那些想笑就笑，想哭就哭的日子。那些天蓝云白的日子。那些以为只要你想飞，就能飞得很高很远的日子啊。

"虫儿飞花儿睡，一双又一对才美。不怕天黑只怕心碎，不管累不累，也不管东南西北。"孩子们稚嫩的声音，纯净似清晨的露。又恰似一群雏鸟，在夏日翠绿的枝头婉转。流年似水，早已红了樱桃，绿了芭蕉。

却总有一些时光，在心头永驻。童年的夏夜，天上的繁星，多得像撒落的米粒，地上的小孩，快乐如小雀。他们捉来萤火虫当灯笼。他们蹲在草丛里斗蟋蟀。他们追着月亮奔跑。他们扯着一块破塑料纸当旗帜。细汗沁出，他们的额头潮湿，风来舔尝，当蜜水喝下。

"黑黑的天空低垂，亮亮的繁星相随。虫儿飞虫儿飞，你在思念谁？"孩子们的声音里，有着美丽的忧伤。记忆里的繁星，开始闪烁。

《帘动荷风》

如果你错过了去看一场荷花，也不要紧，你可以选择听听这首《帘动荷风》，它会载着你，去往荷花深深处。

这是陈悦演奏的，以箫为主，钢琴衬底。如果把钢琴比作荷叶，陈悦的箫就是开得最好的那朵荷。

乐曲起，仿佛有小舟轻轻荡来，人就跟着滑进了一片荷花池。软软的湖风吹来，湖上荷叶稠密。小舟拨开荷叶前行，多像一条欢快的小鱼。四周是静的，听不到流水声，听不到风声，白日光落下来。

箫声忽然腾跳而出，如一朵荷苞，亭亭于水上。花苞苞打开，一瓣，一瓣，再一瓣，把鹅黄的蕊呈现出来。这时，风声来了，水声来了，小鱼的唼唼声来了。荷仍在开，一朵，再一朵，再再一朵。众荷喧哗。

风穿过荷，一径而去。它拂动了谁家的门帘，把一池的荷香送给了谁？谁的心门被打开，在荷风中独自沉吟？

　　我只愿，做一朵荷，让清风轻轻拂过，于这夏日的燠热中，成为你心头的凉。

◆同步诗词

销暑

（唐）白居易

何以销烦暑，端居一院中。

眼前无长物，窗下有清风。

热散由心静，凉生为室空。

此时身自得，难更与人同。

◆同步生字

chóu　　yù

稠　　燠

◆ **同步词语**

yǒng	héng		chóu	mì		téng	tiào
永	恒		稠	密		腾	跳

chén	yín		yù	rè
沉	吟		燠	热

◆ **文字游戏**

1. 仿写句子

（1）童年的夏夜，天上的繁星，多得像撒落的米粒，地上的小孩，快乐如小雀。

_____

_____

（2）小舟拨开荷叶前行，多像一条欢快的小鱼。

_____

_____

（3）我只愿，做一朵荷，让清风轻轻拂过，于这夏日的燠热中，成为你心头的凉。

_____

_____

2．短文练习

除了梅子老师推荐的这几首曲子外，你有喜欢的曲子吗？好伴你清凉一夏。

把它推荐给大家听听吧。

_____

_____

_____

_____

_____

_____

◆涂涂画画

画个在弹古筝的小精灵。这个小精灵随便你想象，她是属于你的小精灵。

⑪ 唱给夏天听的歌

夏，我想成为你枝头的一枚绿

扯满凉凉的风

我想成为你的一滴露

摇响紫薇花的梦

我想成为你的一朵荷

盈盈于一水间

夏，夏

就让我成为你的轻盈好不好

成为你的萤火虫和小蜻蜓

127

成为你的纺织娘和小蟋蟀

成为你的蝉

弹着琴敲着鼓

哗哗的雨来了

那么，还是让我成为你的小青蛙吧

呱呱呱地唱着歌

多么欢快，多么欢快

◆ 文字游戏

如果让你唱，你会给夏天唱一首怎样的歌呢？送一首歌给夏天吧。

四季划分的小常识

在我国，四季划分有不同标准：

天文学上

以春分、夏至、秋分、冬至分别作为春、夏、秋、冬四季的开始。

春分：每年公历三月二十日或二十一日。

夏至：每年公历六月二十一日或二十二日。

秋分：每年公历九月二十一日或二十二日。

冬至：每年公历十二月二十一日、二十二日或二十三日。

民间习惯

以农历一、二、三月为春季；四、五、六月为夏季；七、八、九月为秋季；十、十一、十二月为冬季。

气候统计上

以公历三、四、五月为春季；六、七、八月为夏季；九、十、十一月为秋季；十二月和次年一、二月为冬季。这种四季分法与四季分明的温带地区较为符合。